Jacques VAZEILLE

MONO-LOGUES

MOI,
C'est JE...
Dans le miroir...

© 2024 Jacques VAZEILLE
Édition : BoD · Books on Demand, 31 avenue Saint-Rémy,
57600 Forbach, bod@bod.fr
Impression : Libri Plureos GmbH, Friedensallee 273,
22763 Hamburg (Allemagne)
ISBN : 978-2-3224-9770-6
Dépôt légal : Février 2025

VENTRE À TERRE

Soudain, il surgit de la brume, dans mon cerveau endormi… et il m'attrape sans ménagement avec sa grosse main brutale. Lui, c'est Axel. L'autre jour, c'était sa sœur Alexia. Ils sont frère et sœur, jumeaux. Ils ont environ sept ans, et ils sont toujours ensemble. Quand ils arrivent comme ça, le matin ou pendant la sieste, par tous les temps, je sais qu'il va y avoir un mauvais moment à passer. Et puis d'abord, quand on me réveille brutalement comme ça, je suis de mauvais poil pour le reste de la journée. Une fois, c'est entraînement sportif obligatoire. Pour être en forme, disent-ils. Et toujours, je me laisse convaincre. Il faut dire que j'aime bien gagner. Une autre fois, c'est la course. Aujourd'hui, c'est justement jour de compétition. Il faut y aller.
Tout de même, ces gosses ne savent pas quoi inventer. Au printemps, avec leurs copains à l'école, ils ont décidé d'organiser des courses d'escargots. En voilà une idée ! Auparavant, nous, les gastéropodes du coin, nous étions bien tranquilles. On se baladait à notre guise dans le potager. Un jour dans les salades, un autre dans les épinards ou les rangs de radis. Tout le monde le sait. Ce que l'on préfère, ce sont les orties. Mais là, il n'y en a pas. Ils ne doivent pas aimer ça. Avant ils nous ignoraient. La vie était belle. Maintenant c'est bien fini. Au fond, je ne me plains pas. Avec mes copains et copines colimaçons, nous sommes bien traités. Ils nous ont installés à l'abri du soleil dans un vaste habitacle grillagé, avec du sable et des branchages au fond, un petit bassin avec de l'eau et des feuilles fraîches de salade à

foison qu'ils changent tous les jours. Bien sûr, il faut se rendre à l'évidence : nous ne sommes plus des escargots sauvages, même si c'est compliqué de nous mettre un collier autour du cou.

Donc, avec leurs copains, les jumeaux ont décidé d'organiser ces compétitions d'escargots. Les uns et les autres ont constitué leur écurie, et, entre deux épreuves, ils nous dorlotent afin que nous soyons de parfaits athlètes. C'est le championnat des « Bourgognes ». Chaque mercredi, il y a une épreuve, sauf pendant les vacances. Pour mieux nous reconnaître, ils ont dessiné avec un feutre un numéro sur notre coquille. Moi, je suis le « 7 ».

Ma spécialité, c'est le sprint. Plus précisément le cent dix centimètres haies. Les haies, ce n'est pas un problème. Je les avale dans la foulée. Pour moi, ça marche. J'ai gagné toutes les épreuves du début de la saison, et pour la suite, j'ai confiance. Axel et Alexia m'appellent leur « escargot turbo ». Alors, pour leur faire plaisir, je fonce autant que je peux. Et je vois bien qu'ils sont fiers. Tout serait parfait s'il n'y avait pas ces séances d'entraînement. C'est en général le dimanche. Je dois faire mon cent dix centimètres haies pour, paraît-il, garder la forme. En fait, c'est la même chose que la course du mercredi. Mais là, je suis le seul à en baver. Finalement, la feuille de salade m'attend à l'arrivée. Alors…

Il y a un truc que je ne comprends pas. Pourquoi sommes-nous les seuls à courir, nous, les escargots. Ils pourraient aussi bien organiser des épreuves avec nos cousines les limaces. Elles seraient très heureuses de se dégourdir l'abdomen elles aussi. On pourrait même faire des doubles mixtes. Mais il faut croire que seuls les escargots les intéressent. Je ne sais pas comment leur expliquer. Il est vrai qu'avec nos coquilles enroulées, nous sommes beaucoup plus jolis.

Souvent, quand je me repose au fond de ma coquille, je rêve aux grands espaces que je parcourais jadis, au pas, au trot ou au galop… En fait, à l'allure qui me faisait envie, mais toujours avide de découvrir de nouveaux territoires. Totalement libre, j'allais où je voulais. Il fallait juste éviter la bassecour. Les poules adorent les escargots. Mais c'est pour les manger. Même les gros comme moi. Et comme elles sont rapides ! On dirait qu'elles volent. Maintenant, c'est fini tout ça. Concours complet. Figures imposées. Passages obligés. Confinement en caserne… Il faut marcher au pas.

Bon, c'est le moment. Préparons-nous pour le nouveau critérium. Départ dans quelques instants. Les gamins ont constitué quatre écuries. Et dans chaque écurie il y a deux bolides. Moi, c'est Zéphyr. Et je fais équipe avec Alizé, le numéro six. Nous sommes donc huit sur la ligne de départ, chacun dans son couloir. La règle est stricte. Nous devons tous être dans notre coquille quand le signal est donné. Le signal, c'est Axel qui s'en charge. Comme il revient juste à ce moment-là de son cours de musique, il souffle un grand coup dans sa trompette. Nous avons tous les oreilles fracassées, et c'est parti pour cent dix centimètres à fond de ballon. Enfin, à notre rythme. Il suffit d'être plus rapide que les autres. Je contrôle mes ondulations. Il ne faut pas épuiser toutes ses ressources dès le départ. Le numéro huit tente un coup tordu. Il essaye de venir dans mon couloir. Sans doute pense-t'il que ça glisse mieux chez moi. Mais le règlement dit que chacun doit rester dans son couloir. Il se fait prendre entre le pouce et l'index de son entraîneur qui le remet à sa place. Il a de la chance. Moi, je l'aurais disqualifié.

Première haie au coude à coude avec mon équipier. Les autres sont déjà derrière. Et ils tirent la langue. Ce n'est pas de la triche, mais avec Alizé, nous avons une tactique pour la victoire. Jusqu'à la dernière haie, il est un peu devant moi. Je reste dans son sillage. Il m'entraîne et me protège du vent. Et dans les derniers centimètres, avec l'élan acquis, je donne un bon coup de reins, je passe devant et je gagne. En fait, nous gagnons tous les deux. Et la feuille de laitue que nous partageons est un délice bien mérité.

Mais tout de même, commencer dans la vie comme un gastéropode ordinaire, un colimaçon inconnu, et se retrouver Zéphyr, escargot de course numéro 7, quelle destinée !

PLOUF

Sur un ton de victoire, papa déclare: « Enfin, nous sommes arrivés !». Autour de nous, il n'y a que la campagne à perte de vue, et quelques voitures garées au bord de la route. C'est notre premier voyage en famille dans la belle auto toute neuve de papa. Une quatre chevaux Renault couleur gris-vert. Elle a l'odeur du neuf, pas très agréable, et après tous ces virages, je suis bien content de respirer l'air pur de la campagne. Nous sommes tous les quatre. Papa et maman bien sûr, moi et Paul, mon petit frère. Il a presque trois ans. En somme, c'est encore un bébé. Moi, je suis un vrai grand. Cela fait deux ans déjà que je sais lire.
D'autres familles sont installées un peu partout sur une couverture ou dans l'herbe, dans la prairie ou contre les haies. On devine le programme : d'abord le pique-nique, ensuite sieste ou balade ou encore les deux. Papa nous a prévenus. Nous sommes tout près du fleuve. Il s'appelle « la Loire ». Il faut faire attention. Pour nous, après le repas ce sera balade. C'est maman qui décide d'emmener la petite troupe en haut du pré. Là commence un petit chemin mal empierré et envahi par les herbes folles. La pente devient raide. Au loin on aperçoit une colline plutôt bizarre. Elle est toute seule dans le paysage, et arrondie au sommet. On dirait un énorme tas de grosses pierres. On voit bien que l'on n'est pas dans les Alpes. Évidemment, j'aimerais bien monter tout en haut. Mais maman me dit que c'est une ascension trop difficile. Et avec mon petit frère, il ne faut pas y compter. Je veux bien croire qu'il n'est pas capable de monter là-

haut. En tout cas, pour l'instant, il court partout, et dans tous les sens. Le jeu, c'est d'essayer d'attraper les papillons à la main. Au moins, il ne risque pas de se faire piquer. Il est vrai que quand on est encore presque un bébé mais qu'on sait marcher, on fait tout le temps ce qu'on veut, et si ça ne va pas, on braille…
Il sait marcher, mais il ne sait pas nager. Moi non plus d'ailleurs. Il va falloir faire attention avec ce gosse qui bouge tout le temps et qui n'écoute rien. Papa nous a dit que la Loire, le plus grand fleuve de la France, coule tout près de l'endroit où nous nous trouvons. J'ai beau regarder dans toutes les directions, je ne vois rien qui ressemble à un fleuve. Même pas une mare. En attendant, nous progressons sur le chemin caillouteux en direction de cette montagne étrange. Il n'y a pas un nuage dans le ciel. Ce n'est pas encore l'été mais il fait déjà très chaud. Cela n'empêche pas le petit Paul de faire le zouave, de s'agiter en permanence, de courir partout. Nous approchons d'une bâtisse en pierres sèches au bord du chemin. Je devrais plutôt dire au bout du chemin, car, plus loin il s'évanouit dans la lande. Cette maison, ce n'est pas une ferme. Ce n'est pas non plus une étable. En fait, un peu les deux. Papa nous explique que c'est une « jasserie » ou un « buron ». Dans ces baraques, jadis, les paysans s'installaient à la belle saison avec le bétail. On y fabriquait le fromage. Aujourd'hui, elles ne servent plus beaucoup et elles sont souvent abandonnées. En face de la maison, de l'autre côté du chemin, il y a une espèce d'abreuvoir enfoncé dans le sol dans lequel coule un filet d'eau. Et au-dessus, un écriteau : « Ici commence ma course vers l'océan ». Je crois que je commence à comprendre. Papa nous a emmenés à la source de la Loire. Là, ce n'est qu'un tout petit ruisseau. Rien à voir avec le grand fleuve majestueux que j'imaginais.

Le petit Paul reste indifférent à cette leçon de géographie. Lui, ce qui l'intéresse, c'est l'eau et, par cette chaleur, l'occasion de patauger, d'éclabousser tout le monde autour de lui. Dans son excitation, il se penche un peu trop ou il glisse, et « plouf », il tombe dans l'eau froide. Je suis juste à côté. Par réflexe, je l'attrape par le bras et le sors du baquet. Il est trempé et honteux. Il n'ose même pas pleurer. Maintenant, la balade est écourtée. Il nous faut retourner vers la voiture. Heureusement maman a prévu de quoi le changer.

En tout cas, après cette aventure, je vais raconter à tout le monde comment mon petit frère est tombé dans la Loire et comment je l'ai sauvé.

PARFUM D'AMOUR

Marrakech… Le jardin… Quand je ferme les yeux, c'est le jardin royal, avec ses allées embaumées par le jasmin en fleurs. Les martinets volent au-dessus de nos têtes dans une sarabande effrénée. Tout près, depuis la Koutoubia, le muezzin lance son appel à la prière. Tout est calme. Les quelques passants se font discrets, emportés par la magie du lieu. Nous marchons lentement, ta main dans la mienne. Je te regarde, je ferme les yeux, je rêve, je te regarde à nouveau. Asseyons-nous et laissons-nous bercer, l'un près de l'autre par cette harmonie heureuse, douce et entêtante. Je t'ai connue sur les bancs de la classe préparatoire. Tu venais de loin. Tu logeais dans un foyer tenu par des nonnes, tout près de notre lycée. Ton français était irréprochable et, en maths, les meilleurs étaient bien plus faibles que toi. Surtout tu étais resplendissante. Tu pouvais bien te faire la plus discrète, ta beauté était sidérante. Et moi, de tous les garçons, j'étais sans doute le plus intimidé. Je n'arrive pas à y croire, il y a eu un enchaînement merveilleux de miracles improbables. Je t'ai parlé. Tu m'as écouté et tu m'as souri. Tu as accepté mon invitation à aller boire un café. Quelques jours après, je t'ai invitée à un concert. Nous préparions les mêmes concours. Nous avons travaillé ensemble et tu m'as beaucoup aidé. Nous sommes peu à peu devenus amis, puis amants…

Et maintenant je suis à côté de toi. Tu m'as emmené dans ton pays magique. Je crois que je rêve. Le soir, tard, quand est venu le moment de dormir, tu poses ta tête sur mon épaule. Allongé à côté de toi, ma main tombée naturellement sur un de tes seins, j'ai l'impression que nous volons ensemble. Je te raconte tout doucement ce qui passe dans ma tête et mes histoires continuent sans doute pendant notre sommeil. Le matin lorsque nous ouvrons les yeux, nous nous retrouvons exactement dans la même position, plus heureux encore que la veille. Qu'allons-nous faire aujourd'hui ? Ah oui, la villa Majorelle et son jardin. Et puis le parc Lalla Hasna, juste à côté de la Koutoubia. Une journée en somme au royaume de l'harmonie et de la sérénité. Dans la foule des touristes je suis le plus heureux, objet des attentions délicates de la plus délicieuse des guides. Nous avons tout le temps de flâner… Et ce parfum magique qui embaume autour de nous. Les abeilles, ensorcelées par ces petites étoiles blanches qui parsèment les buissons ronronnent elles aussi de plaisir. Je plonge avec délice dans le noir intense de tes yeux. Je sais maintenant pourquoi tes parents t'ont appelée « Jasmine ».

LE ROUGE ET LE VERT

Avec mon petit frère nous sommes, comme chaque année en vacances chez nos grands-parents. Le site est grandiose et magnifique. Mon grand-père est le régisseur d'un grand domaine en Bretagne. Il habite dans une dépendance du château, et le châtelain n'est jamais là. Donc, les rois, c'est nous, et nous profitons de la totale liberté qui nous est donnée dans ce site protégé. Il nous faut cependant observer deux règles en plus d'un moment de sieste obligatoire après le déjeuner : être à l'heure aux repas et rester aux alentours du château. En fait, nous n'avons jamais bien su jusqu'à quelle distance s'étendaient les alentours. Nous avons donc décidé d'annexer une partie de la forêt, indispensable au bon déroulement de nos aventures. David et Marie, les enfants de la ferme voisine où chaque soir je vais chercher le lait, sont nos complices. Ils habitent là toute l'année. Ils connaissent les lieux dans les moindres détails. Cette année, en prévision de notre venue, ils ont même construit une cabane dans le bois derrière le potager. Ce sera notre quartier général, point de départ de toutes nos expéditions. C'est ainsi que, cette année encore, les environs du château résonnent des rires et des cris de quatre gamins qui se régalent. L'aîné c'est moi. Et j'ai juste huit ans.

Tous les quatre, nous avons un rituel : chaque jour à quatre heures, c'est le goûter. Nous nous retrouvons dans la cuisine de grand-mère pour un verre d'eau, une tranche de pain et une barre de chocolat. Nous avons aussi droit à un fruit que nous allons cueillir sur l'arbre.

Un jour c'est une pêche ou un abricot, un autre jour des framboises. Mais ce que nous préférons, ce sont les fruits sauvages que nous allons cueillir dans la forêt.

Justement aujourd'hui, nous avons décidé d'aller ramasser des fraises sauvages dans la forêt. David et Marie connaissent les coins, bien évidemment. Ils ont une technique spéciale : il faut choisir une herbe un peu rigide sur laquelle on enfile les fraises que l'on ramasse. Ensuite on met chaque tige dans le panier. Et c'est parti ! Chacun accroupi avec sa paille au milieu des fraisiers. Moi, je n'ai pas de chance. Presque toutes les fraises que je trouve sont encore vertes. Quand j'ai réussi à enfiler trois fruits sur mon herbe, les autres finissent déjà de remplir la deuxième paille. Je change de coin. Je vais à côté de David, le meilleur cueilleur. Ça y est, j'en ai vu une, bien rouge et bien mûre ! Et lui, pendant ce temps il a encore rempli sa paille. Je dois me rendre à l'évidence, les seules fraises que je trouve sont immangeables. Et celles qui sont mûres, je les confonds avec les feuilles vertes.

Je ne connaissais probablement pas le mot, mais ce jour-là, j'ai découvert que j'étais daltonien.

PAS RACONTABLE, MAIS VRAI

Ça y est. Aujourd'hui, Moïse est arrivé chez nous. Pas vraiment courant ce prénom. Son illustre prédécesseur biblique a, paraît-il, été sauvé des eaux. Celui-ci aussi sans doute, le jour de sa naissance. Mais d'extrême justesse. Il en porte des séquelles massives. C'est un grand gaillard de dix-huit ans sans cesse en mouvement. Jamais en face, il se déplace tout le temps de travers, à la manière d'un crabe, et regarde le monde avec son oreille. Ses lèvres charnues et tordues lui donnent la physionomie du cœlacanthe. De sa bouche sortent des sons étranges en provenance des abysses, des vocalises qui ne disent rien à personne et qui ne s'adressent qu'à lui-même. Dans l'ambulance qui l'a amené, il était solidement ficelé, bras et jambes. Cette turbulence, ce n'est pas de l'agressivité. Juste une impulsivité gestuelle incoordonnée et permanente. Donc, pour résumer, Moïse ne parle pas, ne regarde rien et bouge tout le temps. Tant pis pour la personne ou le meuble qui se trouve sur la trajectoire de sa main ou de son pied.

« Chez Nous », c'est un foyer nouvellement créé censé accueillir des adultes autistes. Moïse est-il autiste ? Pas sûr. Mais c'est sans importance. C'est un être qui se tient à la frange de l'humain. Sans aucun doute, à l'aube de sa vie, il a été victime d'un cataclysme qui a éteint presque toutes ses capacités de relation, et il est resté dans les limbes, aux portes d'un enfer qu'il fait vivre sans retenue à ceux qui l'entourent, et d'abord ses parents vieillissants. Tous les établissements de la région sollicités ont déclaré forfait ou se sont récusés et Moïse a fini par échouer chez papa et maman qui, en quelques mois ont vieilli de dix ans.

Donc, maintenant, faute d'un ailleurs à sa mesure, Moïse est chez nous. Et il va y demeurer. Nous allons faire tout notre possible pour rester jeunes…

Pour l'instant nous le laissons dans la cour, restant à proximité, bougeant le moins possible et sans parler. Sentir que nous le regardons, pour lui, c'est déjà difficile à supporter. Nous ne sommes que trois dans un coin de la cour. L'éducatrice et l'éducateur qui vont veiller sur lui toute la journée et moi.

Au milieu, Moïse tourne. Il tourne sur lui-même à la manière d'un derviche. Avez-vous déjà fait cette expérience de tourner un moment sur vous-même ? Très vite, l'environnement perd sa signification. Ne restent plus que les sensations qui viennent du corps. Tout ce qui n'est pas moi est en somme effacé.

Appelé à d'autres tâches, je les laisse, sachant bien que dans deux ou trois jours je reverrai Moïse. C'est en effet une règle que j'ai installée. Pour que l'admission d'un candidat résident soit définitive, je souhaite le rencontrer pour valider autant que possible le syndrome autistique. Nous avons eu quelques surprises. Je me souviens d'un jeune homme authentiquement schizophrène, vivement recommandé par l'administration départementale. Pas autiste du tout, il était en revanche le neveu d'un important personnage politique de la région. N'ayant rien à faire là, il est vite parti ailleurs.

Moïse est un cas à part. Sa place n'est nulle part, mais la procédure est tout de même respectée. Dans le monde de l'autisme, les règles sont immuables. Pour l'instant, il fait la toupie avec application sous le regard attentif et prudent de Chloé et Karim, les deux éducateurs qui se sont désignés pour l'accueillir.

La première journée chez nous s'est passée sans drame. En fin d'après-midi il est retourné chez lui, et ainsi, chaque jour, pendant la première semaine. Moïse s'est-il acclimaté à ce nouvel environnement ? Difficile à dire. En revanche, dans le « journal de bord » tenu par les éducateurs qui consignent là les événements marquants comme leurs réflexions, il est bien noté que notre nouveau pensionnaire a parfaitement repéré Karim. Il faut dire qu'avec son mètre quatre-vingt-quinze et ses cent trente kilos sans beaucoup de graisse, on le remarque. Cette carrure impressionnante et placide impose le respect. Dès que Moïse aperçoit Karim, il vient se mettre à l'abri de sa présence massive, protectrice et rassurante. Toute l'équipe s'est sentie elle aussi, rassurée et soulagée.

Quand il n'a pas la place de virevolter, Moïse fait tourner comme une hélice au bout de son bras une ficelle, un vieux chiffon ou à défaut une de ses chaussettes. L'important semble-t-il est que quelque chose tourne devant ses yeux, une sorte d'auto hypnose en somme. Parfois, il arrête son manège et plonge son regard à la fois intense et vide dans les yeux de Karim. Et quelques secondes plus tard, ça tourne à nouveau.

Le dernier jour de la semaine, je vais à sa rencontre, pour essayer de faire connaissance. Il est dans la pièce où il prend ses repas. Le mobilier se résume à une paillasse dans un coin et un fauteuil à côté. Moïse est couché sur sa paillasse et fait tourner sa chaussette. Dans le fauteuil, Karim essaie en vain de capter son attention. En fait, Moïse est un nouveau-né. Certes, un nouveau-né de dix-huit ans et d'un mètre quatre-vingt-dix, seulement en lien avec ses sensations. Plutôt calme, il gigote à peine. Évidemment à dix-huit ans, le méconium, ça sent fort. Mais si on est incommodé par la merde, la pisse et la violence fondamentale, il vaut mieux vendre des fleurs que s'occuper d'adultes autistes déficitaires.

Moïse a perçu mon intrusion, mais il reste sans réaction, même quand je m'assois par terre près de lui. Dans ces moments-là, je prends le parti de ne pas parler. Juste chercher une posture en harmonie et regarder. J'avais pris avec moi une petite balle de caoutchouc. Je la lui donne. Il la prend, la regarde et, comme il ne peut pas la faire tourner, il me la rend et reprend sa chaussette. Je fais rouler doucement la balle sur son thorax, sur ses épaules, je la fais descendre et remonter sur son bras près de moi. Il est tout à fait détendu et réceptif à cette sensation inattendue. Mais avec lui, rien ne dure. Il se lève d'un bond et reprend son agitation habituelle. En somme il m'a indiqué la fin de la séance.

Conclusion provisoire : Celui-là, si nous travaillons très bien, beaucoup et longtemps, peut être arriverons nous un jour à en faire un autiste. Ce n'est pas gagné.

MOÏSE PACHA

Les semaines ont passé. Une sorte de routine s'est installée. Moïse bouge tout le temps, mais, une fois installé à l'arrière du taxi qui l'emmène, il se calme instantanément et adopte dans la Mégane, l'attitude altière de la reine d'Angleterre dans sa Rolls. En somme avec la voiture qui roule, c'est le monde qui bouge. Plus besoin de s'agiter. Il faut bien sûr éviter les embouteillages et les feux rouges. Mais tant que ça roule, la simple ceinture de sécurité, qui est de toute façon obligatoire, suffit. C'est devenu une habitude. Quand nous apercevons Karim quelque part, Moïse est dans son ombre, avec son chiffon qui tourne. Il n'a pas du tout besoin que Karim s'intéresse à lui d'une manière ou d'une autre. Être à côté suffit. Pas tout à fait. Il faut aussi que son éducateur ne parle à personne. Il fallait bien que ça arrive un jour. Un matin, Karim a téléphoné. Il ne peut assurer sa présence au foyer. Sortant de son taxi, Moïse a commencé par faire le derviche dans la cour comme à l'accoutumée. Il lui a fallu un moment pour s'apercevoir que quelque chose avait changé. La turbulence normale est devenue agitation incoercible. Moïse se donne maintenant des grands coups, se tape la tête contre les murs. Impossible de le calmer.

Affolée, la responsable m'appelle chez moi. J'arrive aussi vite que je peux au foyer. Dans la cour, Moïse fait des bonds. Autour de lui, trois éducatrices désemparées et la responsable. Bien entendu, pas de Karim. Nous sommes cinq autour de lui, sans trop bouger, sans parler, gardant les bras au corps. Insensiblement, nous nous rapprochons. Nous finissons par nous tenir tout près autour de lui, en faisant attention à ne pas le toucher. Lui-même fait attention à ne pas nous toucher. De ce fait son agitation diminue. Au milieu de nos ventres, progressivement il se calme, et tombe assis par terre. Tout cela sans une parole. Finalement, une éducatrice le prend doucement par la main et l'emmène dans sa chambre. Il la suit docilement. Le cataclysme a pris fin. Tout le monde respire… Mais pour combien de temps ? Il est urgent de réfléchir.

Chez nous, Moïse a trouvé un repère et un contenant en la personne de Karim. Si celui-ci vient à manquer, Moïse se dilue dans une agitation incoercible, désordonnée et désespérée. Son corps ne tient plus ensemble. Nous devons donc lui proposer l'expérience d'un contenant souple, malléable, indestructible et protecteur. Pourquoi pas, idée farfelue, un long boudin fait de traversins cousus bout à bout, d'une douzaine de mètres environ, que l'on peut tortiller n'importe comment, à l'intérieur duquel on peut s'enfouir ou se lover, sur lequel on peut s'affaler sans risque ? Le lendemain, j'en parle à Sandrine, notre psychomotricienne qui adopte l'idée immédiatement. Couturière accomplie, elle confectionne l'objet dans la foulée, et lui adjoint une housse lavable et multicolore. L'aventure commence : Ce truc étrange que nous allons proposer à Moïse, nous allons devoir en inventer le maniement. Et d'abord, comment l'appeler ? Ce sera, après discussion acharnée, le « Gronidou ». Sandrine se chargera de la présentation du Gronidou à Moïse, dans la pièce où il passe ses journées. La première chose à faire… l'essayer. Chacune, chacun est invité à jouer avec ce gros machin tout mou et au fond, plutôt confortable et accueillant. On se jette dedans, on s'entortille, on s'enroule, on s'enfonce, on s'étale… En fin de compte, tout est possible avec ce Gronidou qui se plie aux caprices de chacun. Une chose est sûre, tout le monde l'a adopté. Aujourd'hui, grand jour, Sandrine présente Gronidou à Moïse. Celui-ci ne fait même pas attention à la volumineuse malle en osier au milieu de la pièce. Il est pourtant bien obligé de tourner autour. Il est vrai que pour Moïse, tourner… quoi de plus normal ? Sandrine soulève le couvercle et extirpe le volumineux boudin multicolore qu'elle pose dans un coin. Indifférent, Moïse tourne encore. Quand Sandrine se jette dans le Gronidou, il marque un temps d'arrêt. Il est vrai qu'elle ne fait jamais des trucs pareils quand elle est avec lui. Indécis, il se balance d'un pied sur l'autre avec la vigueur qu'on lui connaît. Un moment plus tard, Sandrine se relève, laissant la place vacante, et regarde alternativement Moïse et le Gronidou. Prudent, il pose une main sur cet intrus, puis se relève pour faire quelques tours sur lui-même. Évidemment le Gronidou reste impassible. Il attend tranquillement. Moïse revient, un peu plus hardi, et se relève encore. Le manège se répète plusieurs fois, et finalement, Moïse s'affale, bras et jambes écartés. Par mimétisme avec le Gronidou, il reste sans bouger, serein, comme s'il dormait les yeux grands ouverts. Il finit par attraper son pouce qu'il suce goulûment… Il l'ignore, mais il est devenu Moïse Pacha. Mission accomplie ! Chez nous, pour rassurer et contenir Moïse, il y a bien sûr Karim. Mais maintenant, il y a aussi Gronidou. Et Gronidou, lui, ne tombe jamais malade.

UNE QUESTION

La première chose que l'on remarque à la lecture de ces textes, c'est le cafouillage constant entre le passé, le présent et le futur.

Pour moi, c'est évident. Tout ça, c'est la faute à Moïse ! En effet, pour ce personnage, depuis toujours, le passé n'a jamais existé, et le futur ne signifie rien. Il n'a jamais vécu que dans un éternel et impérieux présent définitif et sans issue. Pas de cause, pas d'effet. Le temps est plat. Le temps est mort.

Raconter Moïse, c'est d'abord ignorer la concordance des temps.

Une deuxième chose : Ces deux textes décrivent des événements qui ont bien eu lieu et des personnages réels. Là, tout est véridique.

Une question pourtant demeure : Pourquoi ces deux textes ? Que viennent-Ils faire là ? Il n'y a pas beaucoup de monologue. Ça ne raconte presque rien. S'il s'exprime avec force, Moïse est défini comme non verbal. Ce sont juste les récits d'une rencontre décoiffante, d'une expérience difficile à imaginer pour la plupart d'entre nous.

Et pourtant, ils décrivent le quotidien de ces éducateurs, éducatrices, de ces infirmières et aides-soignantes… qui, quoi qu'il arrive, restent présents et disponibles, et assurent le bien-être de ces personnes totalement dépendantes, souvent animées d'une destructivité incontrôlable. Ces soignants sont les premiers à ignorer qu'ils sont, dans leur rôle et leur fonction, absolument indispensables au fonctionnement harmonieux de notre société. Ils sont le socle et le fondement de notre vivre ensemble. Personne ne les voit, Ils n'imaginent même pas prendre un jour la parole. Ce texte le fait pour eux. Ces deux courts récits sont avant tout un hommage à ces femmes et à ces hommes totalement ignorés du plus grand nombre, et pourtant si précieux. Nous ne les remercierons jamais assez.

OLÉ !

El Matador… En castillan, c'est le tueur. Ne tournons pas autour du pot. Le tueur, c'est moi. Dans la chorégraphie des arènes, je suis la vedette, la danseuse étoile, le dernier à intervenir. Mon rôle, c'est la mise à mort de cette pauvre bête, ce malheureux taureau. Avant moi, ils se sont mis à plusieurs pour l'énerver, le mettre en colère, le faire tourner en bourrique. Au bout du compte, l'animal est épuisé. Il a hâte que ça finisse. C'est là que j'entre en scène dans mon « habit de lumière » avec la muleta et le chiffon rouge. Ce costume… je n'arrive pas à m'y faire. Les autres aussi sont déguisés, un peu plus discrets que moi. Moins ridicules en somme. Fringué comme ça, pas question d'aller draguer. En plus, il faut se tenir tout le temps au garde à vous, même quand le fauve me fonce dessus. Je ne suis pas très costaud, mais pour la souplesse et l'agilité je ne crains personne. Bon, le moment est venu de faire quelques pas de danse. Toujours les mêmes, sans jamais en oublier un. Sur les gradins, c'est l'hystérie. Ça braille des « olé » à tout va. Nous n'avons pas le choix. Le taureau et moi, on doit faire durer un peu. Sinon, ils ne seraient pas contents. Et quand les « aficionados » ne sont pas contents…
Maintenant, il faut bien en finir. Dans un dernier sursaut d'énergie, la pauvre bête se jette sur mon épée et s'effondre sous les vivats de la foule… Applaudissements, sonneries de trompettes assourdissantes, hurlements de joie… Bon, je salue et je salue encore. Maintenant, passons à autre chose…

Enfin, le calme est revenu. Après un Coca Cola bien frais et une douche dans les vestiaires, me voilà sur l'esplanade, devant les arènes quasi déserte comme à son habitude et j'attends mon taxi. J'ai retrouvé mon allure normale. Jeans, baskets, plus mon panama à cause du soleil de plomb, et aussi parce que j'aime bien. Dans mon sac à dos, avec la muleta, l'accoutrement professionnel plutôt défraîchi. Il va falloir passer au pressing. J'ai mis au fond les souliers. Des espèces de chaussons de ballerine avec un gros pompon. Et c'est avec ça qu'il faut affronter un monstre déchaîné. Le gars qui a imaginé ce déguisement devait avoir sérieusement picolé ce jour-là, et fumé des drôles de cigarettes. Et encore, je ne parle pas du couvre-chef. Il vaut mieux d'ailleurs. Dans la main, j'ai une poche en plastique transparent qui va aller au congélateur. Et dans la poche, les oreilles et la queue. Je ne sais plus quoi en faire. C'est immangeable. Même mon chat n'en veut pas. Je ne peux quand même pas les jeter. On ne traite pas des trophées comme ça. Alors je les entasse dans mon congélateur en attendant d'avoir une idée. J'ai déjà rempli deux tiroirs… Les oreilles et la queue… convenez avec moi que ça sonne un peu comme les génitoires. Je me souviens quand j'étais gosse, à la colonie, au sortir de la douche, il y avait toujours un moniteur qui vérifiait que le cou et les oreilles étaient propres. Difficile en effet d'aller voir ailleurs, mais les mots se ressemblaient assez pour que tout le monde pense à la même chose. Et si le cou et les oreilles étaient propres, on pouvait penser que le reste l'était aussi.

Bon, je déambule sur le trottoir avec mon sachet sanguinolent à la main, et dedans, les couilles et l'appendice caudal, version « tea party » chez madame la sous-préfète. En fait, personne ne fait attention à moi.

Si on n'était pas un dimanche après-midi, je pourrais aussi bien sortir du rayon boucherie du supermarché du coin. Et ce taxi qui n'arrive toujours pas. Maintenant, à mon âge, c'est un peu tard pour apprendre à conduire et passer le permis. Au loin, au bout du boulevard j'aperçois dans le soleil un bout de la Maison Carrée.

Cette ville est belle, certes. Mais il me tarde de retourner chez moi à Saint Gilles près du Petit Rhône. Là je retrouve mes poulettes. Oubliées les cornes, les oreilles et les queues. Je surveille les couvées. Je garde un œil sur les poussins. Et des œufs, j'en ai à ne plus savoir qu'en faire. C'est sûr, Le coq et moi, dans la basse-cour, nous sommes les plus heureux des hommes. Le soir, je distribue un peu de grain, quelques épluchures de légumes… et elles me font la fête. En réalité, le clos est bien assez vaste pour qu'elles y trouvent tout ce dont elles ont besoin, et la clôture les protège du renard.

Je ne suis pas végétarien. Une belle entrecôte bien saignante ne me fait pas peur. Mais jamais je ne pourrai manger une volaille. Les œufs par contre, c'est mon ordinaire. Et préparés de toutes les façons. Certains disent que c'est mauvais pour le cœur et les vaisseaux. Sûrement pas autant que le tabac et l'alcool. Et puis, on verra bien.

En tout cas mes cocottes peuvent caqueter tranquilles. Elles ne finiront jamais dans mon assiette. Il y a Josepha la rousse, une bonne camarade qui suit ses copines. Carmen la noiraude est la cheffe de la bande. C'est elle qui décide de tout. Et même le coq Alvin, ce gros bêta avec ses grands airs file doux. Avec son plumage gris tacheté, Cassiopée est la plus mystérieuse. Elle se donne parfois des airs de pintade. Mais sa démarche chaloupée de grosse dondon la dénonce. Je crois bien que les autres, en douce, se moquent d'elle. Et puis il y a la princesse

Aliénor, toute blanche. C'est la plus dodue. Elle se tient le plus souvent un peu à l'écart, bien droite sur ses pattes. Elle s'imagine sûrement que c'est ainsi qu'elle doit manifester la noblesse de son ascendance. Il est vrai que dans sa famille ils terminent tous en chapons ou en poulardes de Bresse sur les étals des traiteurs.

Souvent en fin de journée, quand la météo le permet, je m'installe avec ma chaise longue au bord du poulailler. Une carafe d'eau ou une bière et un bon bouquin, et je savoure la douceur du temps qui passe avec mes amies à plumes qui me tournent autour en dodelinant de la tête. J'ai parfois l'impression qu'elles ronronnent de bien-être.

Et puis vient le moment d'aller se coucher. C'est à chaque fois Carmen qui donne le signal. Il fait encore un peu jour, mais elle a décidé. Alors, docilement, je plie mon matériel et je rentre dans ma cuisine. Bonne nuit les filles…

Demain, retour à la tauromachie. C'est mon gagne-pain. Il faut bien vivre. Et quand on est matador… Olé !

JADIS

Tout le temps, je l'appelle « Papé ». Mais son vrai nom, c'est Aristide. Personne ne l'appelle par son prénom, sauf Marthe, ma grand-mère. En fait, à part lui, je ne connais personne qui s'appelle comme ça. C'est un prénom de l'ancien temps. Moi, j'aime bien. Aristide, c'est joli. Dans la grande ville où j'habite, il y a un boulevard Aristide Briand. Un boulevard ! Pas une rue, ou simplement un square. Ça devait être quelqu'un d'important cet Aristide là. Il faudra que j'aille voir dans le dictionnaire. Ou tout simplement que je demande à mon Papé. Dans la vie de tous les jours, il ne parle pas beaucoup, ou alors dans sa barbe, comme dit ma grand-mère. Je ne sais pas trop ce qu'elle veut dire car en fait, il n'a pas de barbe, juste des moustaches comme Vercingétorix. Le plus souvent, il ne dit rien. Mais quand je lui demande de m'expliquer quelque chose, il peut me parler pendant des heures. C'est un peu un grand-père dictionnaire. Depuis que je sais lire, j'aime bien jouer au dictionnaire. C'est simple. Quand je rencontre un mot étrange ou un mot rigolo dont je ne connais pas la signification, je cherche dans le dictionnaire. Et dans les explications, je trouve à chaque fois un autre mot intéressant et je vais le chercher. Et ainsi de suite. Avec mon grand-père. C'est la même chose, sauf qu'il n'y a pas besoin de chercher. Avec lui, ça marche tout seul. Et en plus, il aime quand je lui pose des questions. D'ailleurs, une seule suffit. Et après, il me raconte des choses de l'ancien temps, des trucs historiques, les Allemands, les Anglais… il ne les aime pas, ni les uns,

ni les autres. Il y a aussi de Gaulle, le général. Celui-là, il ne l'aime pas non plus. Mais ce que je préfère, ce sont les légendes de l'ancien temps. Il les connaît toutes. Le roi Arthur, Lancelot, Mélusine, la Dame du Lac et les chevaliers de la table ronde, Excalibur… Dans mon lit le soir, je me raconte que mon Papé, en fait, c'est l'enchanteur Merlin. Je ne l'ai pas compris tout de suite, mais le royaume de l'Ile de Bretagne, c'est en gros, la forêt de Brocéliande, juste à côté de là où il habite. Toutes ces histoires se sont passées dans la forêt, juste derrière le château. Chez mon grand-père en somme. Peut-être même, comme il y a beaucoup de magie là-dedans, a-t-il croisé ces personnages fabuleux en vrai au détour d'un chemin où dans une clairière en allant cueillir des champignons. Ce qui est sûr, c'est qu'il y passe toutes ses journées dans cette forêt. C'est son bureau finalement. Comme il ne s'occupe pas de l'heure, pour les repas, avec ma grand-mère, ils ont un stratagème bien à eux. Elle prend le cor de chasse et elle va dans la cour pavée qui est un peu la place centrale de tous les bâtiments autour du château. Et là, le dos tourné à la forêt elle sonne un air qu'elle est seule à connaître. En gros, ça veut dire : « À table ! », et mon grand-père ne tarde jamais à arriver de son pas tranquille et mesuré. Il a toujours un panier au bras. Et, selon la saison, dans le panier, des morilles, des fraises des bois, des cèpes, des girolles… Parcourir les bois, c'est son travail.
Dès le premier jour des grandes vacances je pars là-bas. Et là-bas, tous les jours se ressemblent. Il n'y a que le temps qui change. Je fais comme mon papé. Je parcours les bois, mais pas avec un panier, avec mon vélo. Et je n'ai pas le droit d'aller trop loin. En gros, je reste dans la futaie avec ses chênes majestueux qui jadis étaient le

terrain de jeux des elfes, et plus sûrement des druides. Et quand j'entends le son du cor, ça vaut aussi pour moi.

En deux mots, vivre chez papé, c'est vivre au paradis. Il faut aussi que je dise un truc : La forêt de Brocéliande, c'est loin de la ville, et tout près des temps anciens. L'enchanteur Merlin était un grand magicien. Mais il ne connaissait pas l'électricité. Alors, dès le crépuscule, c'est bougies et lampe à huile.

Encore plus de magie…

LE PIED !

Souvent on parle de moi. Pourtant, je suis petit et insignifiant. Des comme moi, il y en a des myriades. Mais là où ils sont, personne n'y prête attention. Quand on s'occupe de nous, on nous étale. Ou bien on nous met en tas. On nous broie. Jadis, on condamnait les bagnards à nous casser. On nous range selon leur calibre… un gros peut suffire à emplir tout l'espace, ou au moins à ne faire parler que de lui. Un truc marrant aussi : Comme chou, pou et quelques autres, dès que je ne suis plus seul, on me met un « x ». Bref, l'aventure qui m'a rendu célèbre a commencé de la façon la plus banale. Avec mes semblables, nous étions du gravier ordinaire sur le trottoir devant un portail. Notre mission consistait à éliminer tout risque de flaque d'eau en cas d'intempéries. Donc, pas grand-chose à faire. Il suffisait d'être là, un point c'est tout. C'était sans compter avec les gamins et leurs bicyclettes. Roues arrière, slaloms, acrobaties variées, dérapages plus ou moins contrôlés… C'est lors d'un de ces dérapages qu'un gosse a culbuté. Pas de mal au vélo, un genou éraflé sans gravité, mais nous autres, ceux du gravier, nous avons volé de tous les côtés. Désagréable certes, mais finalement, c'est là que mon heure de gloire a commencé. C'est là que j'ai pu enfin donner ma pleine mesure. Oui, là où je suis le maître, là où il n'y a plus que moi qui compte, c'est quand je suis, moi le caillou, bien installé au fond, dans la chaussure.

ALIZÉ, VENT MAUVAIS

Ce Zéphyr, ce qu'il m'énerve ! Il ne peut pas s'empêcher de tirer la couverture. C'est toujours lui le premier. C'est toujours lui qui gagne, qui ramasse les lauriers, enfin je veux dire la laitue. Certes, c'est lui qui a eu l'idée, pour les courses d'escargots, nos courses : l'idée, c'est jouer en équipe... Tout le long, l'un court devant, sert d'entraîneur, et, dans les derniers centimètres, l'autre, lancé à fond, remporte la victoire. Et à tous les coups notre stratagème fonctionne. Nous avons gagné toutes les compétitions. En réalité, si on regarde bien, c'est Zéphyr qui a gagné toutes les compétitions. Et à chaque fois, j'ai dû me contenter de la deuxième place. Plusieurs fois, j'ai suggéré que nous pourrions inverser les rôles. Là, subitement, il rentre dans sa coquille et devient complètement sourd.

Zéphyr, c'est mon frère… ou bien parfois, c'est ma sœur. Chez nous les gastéropodes, ces histoires de genres sont bien plus difficiles à comprendre que les vôtres. Pour résumer, on va dire que garçon ou fille, c'est variable et aléatoire. Mais ça fonctionne quand même à la satisfaction générale. Bon, il faut décider. Alors, Zéphyr, c'est mon frère, mon frère jumeau. Là encore, ça se discute. Nous sommes en fait plusieurs centaines de « jumeaux » alors que chez vous les humains, les jumeaux, ça va par deux, un point c'est tout.

Arrêtons là le cours d'histoire naturelle. J'ai plutôt besoin des lumières de la psychologie en ce moment. Donc, je suis abonné au rôle de faire-valoir alors que l'artisan de la victoire, c'est moi. Et mon frère trouve que tout est normal. Évidemment, sans prévenir, je pourrais cesser de jouer mon rôle et me contenter, au prochain critérium, de faire juste une petite promenade tranquille. Mais alors, je serai au fond du classement. Et Zéphyr, comme je le connais, serait encore capable de finir vainqueur. Je l'entends déjà. Il va dire que je suis jaloux, que ma seule ambition dans la vie, c'est de prendre sa place. Ce n'est pas vrai. D'ailleurs les jumeaux, les vrais, Axel et Alexia, même si ce sont pourtant des faux jumeaux, ils ont autant de considération pour moi que pour lui. Ils disent que, moi aussi, je suis leur escargot « turbo ». En plus mon numéro, c'est le « six », avant le « sept ». Donc en fait, c'est moi le numéro « un ». Ça y est. Je passe de la psychologie à l'arithmétique. Je ne sais plus ce que je raconte. Il va me rendre fou.

Mais j'y pense… si chaque fois, il termine la course le premier, c'est que juste avant l'arrivée je lève le pied, je finis en roue libre. C'est décidé. La prochaine fois, la tête bien rentrée dans les épaules, je foncerai jusqu'au bout. On va bien rire…

LE PIED DE LA LETTRE
(Dans les pas d'un géant… humblement)

C'est ainsi de mon pied que vous vous amusez ?
Il en faut peu pour, de rire vous plier.
Vous vous croyez sans doute polisson.
Pour un pied, c'est un peu plat mon garçon.
Puisque vous riez des défauts du corps,
Vous pourriez dire d'autres choses encore.
Sans vouloir me vanter,
Je prétends que vous auriez pu tenter :
Calculateur : « Il lui faut une péniche pour soulier.
Je plains le cordonnier ».
Aquatique : « Alors là, nul besoin de palmes,
Vous nagez au calme ».
Poète : « De tels pieds, il en faut bien moins
Pour faire un alexandrin ».
Érudit :« Avec Cyrano, faites-nous donc un pied de nez
Peut-être avez-vous d'autres chats à fouetter.
Il n'empêche. Le geste aurait une ampleur
Qui vous vaudrait tous les honneurs ».
Confortable : « Si vous cherchez un pied à terre,
Adressez-vous à un gros propriétaire ».
Près de ses sous : « De vair ou en peau de lapin,
Définitivement hors de prix l'escarpin ».
Le même : « S'il lui faut des cothurnes,
Cela va nous coûter une fortune ».
Provocant : « Si moi aussi j'avais de tels pieds,
Assurément vous me les casseriez ».
Coquin : « Ce pied, pour le prendre,
Il faut une grande chambre ».

Flatteur : « Voilà qui fait votre orgueil,
Vraiment, vous avez bon pied bon œil ».
Transatlantique : « Si vous avez le pied marin,
D'un paquebot vous aurez besoin ».
Soulagé : « Si vous n'y remettez plus les pieds,
Il y aura de la place sur le palier ».
Voilà au pied levé ce que vous auriez pu dire
Avec un peu d'esprit et sans médire.
Ne comptez pas sur moi pour prendre la mouche,
Car à la fin de l'envoi, jamais je ne touche.
Mon époux Pépin le Bref
Qui des Francs est le chef
S'accommode parfaitement
De ce détail qu'il dit charmant.
S'il avait voulu enfin que je l'amputasse
Il aurait d'abord dû me le dire en face.
À l'avenir, de grâce, appelez-moi Berthe,
Sinon de rage, je serai verte.

J'ARRIVE !

Le jour où je suis né, le monde était déjà plein…
Et moi, j'étais plein de moi… Comment allions-nous faire, lui et moi ? Ça commençait mal.
Il fallait bien que l'on trouve un accord tous les deux.
J'étais prêt à lui faire une petite place. Mais, sûr de sa force et de son poids, il a poursuivi son chemin. À croire qu'il cherche la bagarre ! La bagarre, c'est exactement ce que je ne sais pas faire. Alors je me suis dit : « Une seule solution. Je vais faire celui qui ne le connaît pas. Je vais l'ignorer et ne m'occuper que de moi ».
Faire celui qui ne le connaît pas… Rien de plus facile. Je venais d'arriver. À part moi, je ne connaissais personne. Et moi-même, je ne savais encore pas trop bien qui j'étais. Tout était à faire.
D'abord, faire ma place. Y a-t-il une procédure, une méthode pour faire sa place ? Je n'étais pas bien gros, pas bien important, mais là où j'étais, personne ne pouvait se tenir. Ma place était définitivement imprenable. Autour de moi, c'est simple. Il n'y avait que des géants. J'ignore pourquoi, ils avaient tous l'air bien disposés à mon égard. Une chance pour moi.
Je commence à m'habituer à cette lumière intense qui envahit tout l'espace. Il n'y a pas si longtemps, je baignais dans une totale obscurité. Maintenant, quand j'ouvre les yeux, ou bien c'est le noir absolu et rassurant que j'ai toujours connu, ou bien c'est une lumière tenace et aveuglante d'où émergent des tas de trucs mystérieux. La plupart sont inertes. On dirait qu'ils ont toujours été là. D'autre bougent tout le temps. Ils me tournent autour, me tripotent, me racontent des histoires

incompréhensibles… les géants, ce sont eux. Il n'y a aucun moyen de les éviter. Et pourquoi les éviter ? J'ai vite compris qu'ils sont à mon service. Si je ne suis pas parfaitement à l'aise, si j'ai besoin d'un truc, je n'ai qu'à leur expliquer. L'ennui, c'est qu'ils ne sont pas très malins. Souvent ils ne comprennent rien. Au début, je m'énervais. C'était bien inutile. Je n'ai aucun moyen de faire pression. Je suis le maître, c'est évident, mais je ne peux rien faire. J'enrage.

Ce monde dans lequel je viens de débarquer est vraiment mal fichu. Il va falloir que ça change. Mais attention ! On ne va pas tout changer. Il faudra garder le berceau douillet, les biberons à heures régulières et à la juste température, les couches souvent changées et les multiples attentions pour préserver mon confort. À la réflexion, une seule chose, mais une chose vraiment importante est à changer : la manière de communiquer. Ah, ça, ils me parlent… avec toutes sortes de mimiques qu'ils croient enjôleuses et qui sont en réalité plutôt effrayantes. Je vois bien qu'ils se parlent à eux-mêmes. Ils s'adressent à moi, tout petit nouveau-né, pour se dire combien ils s'aiment. Je suis au fond leur reflet dans le miroir. Dommage que je ne maîtrise pas leur langage. Ils auraient ma répartie. Finalement, il faut bien convenir que je suis un nouveau-né plutôt combattif.

Mais je réfléchis aussi. Communiquer, ce n'est pas seulement échanger des paroles dans un langage partagé. C'est aussi tout ce qui sert de support à ces paroles : l'intonation, les mimiques, le regard, les gestes… Il ne me sert à rien de chercher à comprendre ces sons ineptes, ces paroles mystérieuses. Pour commencer, je ne vais plus m'intéresser qu'à l'autre langage, celui de la musique des mots, des gestes et des images. Il faudra, quand je serai grand, que je mène mon enquête. Il y a certainement des bébés qui trouvent plus confortable cette manière de communiquer et qui s'y installent pour toute la vie.

NOËL

Dans le jardin, c'est moi le plus grand et le plus beau.
Élancé et bien symétrique, je trône à l'est du petit terrain
méticuleusement entretenu. Chaque matin, j'attrape les
premiers rayons du soleil, et les écureuils viennent
gambader dans mon branchage. Je n'ai pas toujours été
là. Je me souviens, jadis, j'étais dans la forêt sur la
colline parmi les autres sapins. Certes, nous étions bien,
tous ensemble, mais j'avais un rêve : Une corneille
m'avait raconté que, chaque année, quand les nuits sont
les plus longues, il y a chez les humains la fête des
sapins. On les décore avec des guirlandes brillantes et
multicolores, des boules en verre, des figurines, des
étoiles lumineuses… les enfants émerveillés tournent
autour, chantent et dansent. Il y a un sapin de noël dans
chaque maison et c'est à son pied que sont déposés un
matin les cadeaux pour les enfants. Le plus beau jour de
l'année. Mais comment devenir un sapin de noël quand
on est un petit sapin dans la forêt ? Je me désespérais et
maudissais mon sort, condamné à rester à tout jamais un
sapin ordinaire sur la colline, dans le vent et le froid, en
attendant la venue du bûcheron. Sombre vie… Triste
vie… Et, un beau matin, un petit garçon est arrivé avec
son papa qui poussait une brouette et, dedans une pelle
et une pioche. Il s'appelait Sylvestre. Sans la moindre
hésitation, il fonça sur moi. « Papa, c'est celui-là qu'il

nous faut. Il est bien droit, pas trop grand, et il a l'air vigoureux ». Aussitôt, ils sortirent les outils et ils creusèrent autour de moi. Je me retrouvai vite avec mes racines bien enveloppées dans leur terre, délicatement installé dans la brouette. Et, en route vers le hameau en bas. Et là, ce fut le miracle ! Sylvestre a poussé les meubles du salon et il a fait une place pour moi à côté de la cheminée. Ensuite, il y a eu les guirlandes, les étoiles, et les décorations de toutes sortes. Ça brillait, ça clignotait, ça scintillait, je resplendissais… Dans mon habit de fête et de lumière, j'étais le roi. Si j'avais pu, j'aurais fait quelques pas de danse. Chaque matin, Sylvestre versait un verre d'eau fraîche sur mon pied. J'ignore où il a appris ça, mais il savait que j'avais besoin de boire tous les jours un peu pour être en forme. Tout seul, il avait décidé que mon nom serait « Noël », et, souvent, accroupi près de moi, il me chantait une petite chanson. J'ai oublié les paroles. Je me souviens juste que ça commençait par quelque chose comme « Mon beau sapin, mon beau sapin… ». Et le grand jour est arrivé. Un matin, je me suis réveillé. Il y avait plein de cadeaux disposés autour de moi, avec des emballages de toutes les couleurs. Chacun dans la famille avait le sien. Les yeux brillaient. La joie éclatait partout dans la maison. Même moi, j'avais mon cadeau. Sylvestre avait découpé une grande étoile dans du papier doré et son papa l'a accrochée tout en haut de ma tête. Tout était encore plus beau que dans mes rêves… Ce furent à n'en pas douter les plus beaux jours de ma vie.

Mais même les plus belles fêtes ont une fin. Un matin, Sylvestre a retiré délicatement mes décorations et les a rangées dans un grand carton, pour l'année prochaine, disait-il. Il a juste laissé l'étoile dorée sur ma tête. Je crois en fait qu'il n'était pas assez grand pour l'atteindre. Et me voilà parti avec la brouette vers le fond du jardin. Avec son papa, il avait préparé un grand trou et ils m'ont installé bien confortablement dans de la bonne terre…Depuis, je n'ai plus bougé. Aujourd'hui, je suis le plus grand et le plus bel arbre du jardin. Les chardonnerets et les mésanges viennent s'ébattre dans mes branches. Cela me fait encore de belles décorations chantantes et de toutes les couleurs. Sylvestre, lui aussi a bien grandi. Maintenant, c'est lui qui s'occupe du jardin et de la maison. Il est devenu le papa d'une petite fille adorable, Sylvette. Avec elle, cette année, il a accroché dans mes branches une grande guirlande lumineuse qui clignote dans la nuit. Et Sylvette a ajouté une belle étoile en papier doré qu'elle a découpée. Cette année encore, je fête Noël… Je voulais vous raconter cette histoire. Je sais bien que ce n'est pas un véritable conte de noël. C'est l'histoire de Noël, le petit sapin de la forêt qui avait un rêve. Mon histoire…

SEPT ANS

Cet hiver, j'ai fêté mes sept ans. Ils disent tous que c'est l'âge de raison. Je ne comprends pas pourquoi. Moi, je trouve plutôt que c'est l'âge des maladies. Diphtérie, typhoïde, plus des maladies avec des noms normaux du genre angine. Je les ai toutes eues. Je n'ai pratiquement pas quitté ma chambre, et presque tout le temps je suis resté au lit. Inutile de raconter les médicaments… cachets, sirops, suppositoires, piqûres… surtout les piqûres dans la peau du ventre. Il paraît que c'est un nouvel antibiotique qu'il faut aller chercher en Suisse.

Évidemment les copains n'ont pas le droit d'entrer dans ma chambre. C'est bien simple, hormis papa et maman, je ne vois que le docteur et l'infirmière. Quand on est malade, que l'on a de la fièvre, on n'a pas trop envie de bouger, d'aller jouer au ballon sur la place, juste en face de ma chambre. En fait, je dors tout le temps, sauf peut-être la nuit.

Je ne m'ennuie pas vraiment. D'abord, j'aime bien lire. Des livres, il y en a partout. Les aventures de Tintin bien sûr, mais aussi des vrais livres. Ils sont un peu étonnés que je me passionne pour des histoires de pirates et de trésors, ou des légendes et des contes sans illustrations. Il paraît que ce n'est pas vraiment de mon âge, mais puisque j'aime ça.

Il y a aussi l'école. C'est rigolo. C'est maman qui fait la maîtresse, qui explique l'orthographe, les conjugaisons, le calcul. Elle me fait faire les devoirs et apprendre les leçons. Je n'ai pas toujours envie, mais que faire d'autre ? C'est la maîtresse de mon école qui organise tout. Et de temps en temps, elle m'envoie un petit mot pour me dire qu'elle est très satisfaite de mon travail et qu'elle espère me revoir bientôt. C'est sûr, avec maman, elles parlent dans mon dos. Bon, en gros, depuis Noël, je vais à l'école dans ma chambre. Et nous sommes bientôt à Pâques. Pendant les vacances de Pâques, je vais rester dans ma chambre mais il n'y aura pas d'école. J'ai un peu peur de m'ennuyer… Si au moins je pouvais jouer à quelque chose avec quelqu'un. Les dames, les cartes, les petits chevaux ou n'importe quoi. Mais pour le moment, quelqu'un, c'est personne.

La nuit dernière, j'ai reçu de la visite pendant mon rêve. Je l'ai reconnu tout de suite avec son sourire permanent, son agitation et son costume bizarre. C'était Peter, Peter Pan, le lutin volant. Il venait me chercher pour m'emmener dans l'île aux enfants, l'île mystérieuse, là où tout le temps ils s'amusent. L'histoire, je l'ai lue la semaine dernière. Dans cette île les enfants sont condamnés à rester enfants. Pour ne pas vieillir, il faut commencer par ne pas grandir. Celui qui fait son premier pas va mourir. Il faut juste voler indéfiniment, nager dans l'air… le rêve est destiné à devenir cauchemar. Finalement, je préfère être malade. Je finirai bien par guérir un jour…

RENCONTRE… L'ESPOIR DES SENS

L'obscurité est totale… Autour de moi, ça bourdonne, ça vit à fond. Quel raffut ! Je les entends parler, rire, respirer…

Dans le village, comme chaque année en juillet, c'est le festival. Du jazz surtout, mais aussi d'autres musiques du monde entier. Avant, quand j'écoutais, quand j'écoutais vraiment, je fermais les yeux. Je me laissais doucement envahir par la musique. Il n'y avait rien d'autre autour de moi. Maintenant, ce n'est plus la peine. Mais le moindre chuchotement devient un parasite insupportable et me fait l'effet d'un tremblement de terre. Mes oreilles, sans cesse, sont assaillies. C'est le massacre du tympan. Et pourtant, quel bonheur quand je parviens à me concentrer sur le chorus d'une contrebasse au coin de la rue. C'est sûr, le musicien a beaucoup écouté Avishai Cohen. On me dit que c'est une toute jeune fille d'à peine dix-huit ans. Je me dis qu'elle a un bel avenir devant elle.

Assailli par les lourds effluves d'un cassoulet servi par une température de canicule à la terrasse d'un restaurant, je poursuis mon chemin sous les arcades encombrées par les étals des marchands du temple. La foule est dense. Autour de moi, ça parle toutes les langues. Je m'abandonne au brouhaha. Toute cette agitation me donne la chair de poule.

Hmmm ! Le délicat parfum d'un café corsé me prend dans ses bras. Je trouve une chaise et une table. Je sens que je vais me régaler d'un ristretto. À l'ombre, avec cette petite brise d'ouest, la chaleur est supportable.

L'amertume fleurie du moka ajoute sa note de fraîcheur. Je me délecte de toutes ces sensations auxquelles je n'aurais pas prêté attention jadis.

Agréable cette halte. Mais j'ai envie d'aller plus loin, de sortir de cette place noire de monde. J'avance avec précaution dans cette foule qui m'ignore. Passant devant la boulangerie, l'odeur du pain frais me réjouit. J'ai envie d'entrer. Et finalement je renonce. C'est l'odeur que j'apprécie, mais je n'ai pas faim. Et puis, ce n'est pas si facile de faire un détour quand on vit dans le noir.

Ça y est ! Je suis sorti de la place centrale. J'entends encore des pas autour de moi, mais moins nombreux, presque furtifs. Dans une sorte de garage, porte grande ouverte, quelqu'un essaie quelques accords sur un piano. Cela voudrait ressembler à Waltz for Debby. Évidemment, n'est pas Bill Evans qui veut… Encore quelques pas, et dans une ruelle silencieuse j'atteins enfin mon but : un petit jardin calme et parfumé avec ses rosiers et ses agapanthes qui sert d'écrin à une galerie d'art. J'y viens souvent. Pas pour les tableaux bien sûr, mais je me plais à caresser d'une main de soie les sculptures éparpillées là en me délectant des propos de Sarah, la délicieuse et érudite hôtesse. Une sculpture, c'est un tableau pour qui n'a pas la vue. On la regarde du bout des doigts. Je passe des heures à savourer la douceur et l'harmonie de ce petit jardin où tout est calme. Souvent, deux ou trois musiciens s'installent et donnent un petit concert. Mais jamais rien de tonitruant. L'endroit est décidément voué à la douceur. Il n'est pas rare que quelqu'un vienne près de moi et engage la conversation.

Décidément aujourd'hui, ce n'est pas un jour comme les autres. Perdu dans mes rêveries, j'entends une voix douce et caressante. C'est à moi qu'elle s'adresse. Je ne

l'ai jamais vue, mais je la reconnais. Une main légère se pose sur mon bras. En même temps, un délicat parfum de jasmin embaume alentour. Tout devient musique. Je suis au cœur d'une cantate de Bach…
J'ouvre les yeux… Et tu es là, magnifique et souriante…
Le bleu de ton regard, soudain, illumine ma vie. Tout a subitement un goût de miel.
Désormais, je peux brûler ma canne blanche.

OLE ! TU PARLES…

Il faut se faire une raison. Aujourd'hui, c'est ma
première et ma dernière danse ? Je n'ai vécu que pour ça.
Je ne peux pas me plaindre. Presque tous mes frères,
sœurs, cousins, cousines partent à l'abattoir, entassés
dans un camion inconfortable après avoir erré de pré en
pré. Personne n'a jamais rien attendu d'eux. On leur
demandait juste de prendre du poids, de faire de la
viande. Moi, au contraire, j'ai tout le temps été choyé,
dorloté. On me traitait avec respect et je bénéficiais de
toutes les attentions de mes gardians. Et quand je me
déplaçais dans les chemins, ils étaient trois sur leur
monture à me servir d'escorte. Royal, je vous dis… La
belle vie en somme… Les touristes, les « parisiengs »
comme on dit par ici avec l'accent, quand ils se
promenaient en famille le long de mon pré, avaient avec
leurs enfants presque toujours la même
conversation : « Alors, le taureau, c'est le papa, et la
vache, c'est la maman. Le bébé, c'est le veau. Et le bœuf,
c'est qui ? » Je ne pouvais pas m'empêcher de sourire
entre mes cornes.
Mais tout a une fin. Et pour moi, la fin, c'est là, dans
l'arène, au grand soleil, avec la foule déchaînée autour et
les flonflons énervants. Et puis il y a ce type au milieu
avec moi, ce guignol qui danse, se tortille et virevolte
autour de moi, qui me provoque. Il n'a pas l'air facile à
coincer, mais si l'occasion se présente, je l'encornerai
avec plaisir. Dans les gradins, ça braille des « Olé » à
tout va. Les trompettes me détruisent les tympans. On
dirait qu'ils m'encouragent. Pas si bête… J'ai tout de

même un peu l'impression que je suis le dindon de la farce. Et l'autre déguisé qui sautille devant moi, avec son chiffon rouge…

Maintenant, il dégaine son épée qu'il tenait bien cachée. C'est le moment. Pas question de fléchir. Adieu la vie. Je t'aimais bien. Mais quand on est taureau, « toro », vieillir, c'est mal. Je n'entendrai pas les derniers « Olé !». Il paraît que jadis, au Japon, ils criaient « Banzaï : » …

TROIS MOTS

Marcel habite dans la dernière maison du village. Une petite maison proprette avec un joli jardin autour qui donne sur la campagne environnante. Le pré derrière est aussi à lui. Mais depuis qu'il est à la retraite, et cela fait déjà un bon nombre d'années, il le laisse à Jean Claude, le cantonnier du village qui y fait paître ses brebis. En retour, celui-ci se charge des gros travaux dans le jardin, et, chaque printemps, un peu avant Pâques, il lui apporte un beau gigot. Mais que faire d'un gros gigot quand on vit seul dans sa maison ? Cette année, il l'a mis dans le congélateur et il y est encore. L'année prochaine Marcel lui dira que le gigot, ce n'est plus la peine.
Les journées d'un menuisier retraité à la campagne dans le village où il a toujours vécu se ressemblent. Ce n'est pas monotone. C'est normal. Le matin, Marcel va faire un tour dans son jardin potager. Il y a toujours quelque chose à y faire, même si cette année, il en a considérablement réduit la surface. En gros, il ne reste plus que les tomates. Des tomates de toutes sortes, de toutes tailles, de toutes formes, de toutes les couleurs. C'est pour lui une vraie passion de collectionneur. Et il parvient à des résultats qui émerveillent tout le voisinage. Quand le moment de la récolte est venu, Marcel les prépare de toutes les manières possibles, et c'est bien sûr, tomates à tous les repas. Quand le congélateur est plein à craquer de tomates farcies, ce sont les voisins qui sont invités à venir se servir. Et ils ne se font pas prier. En plus des pieds de tomates et de

quelques fraisiers autour, il ne reste plus que deux ou trois groseilliers, cassissiers et framboisiers au fond du jardin. Là, ce sont les enfants des voisins qui sont invités à venir se régaler.

Certains jours, il faut bien aller à la supérette pour faire quelques emplettes. Par contre, le pain est livré à la maison par un jeune boulanger, autrefois ingénieur informaticien qui a décidé de changer de vie. C'est du pain au levain comme chez ses grands-parents jadis, qui reste frais et goûteux toute la semaine. Après le repas, il somnole un peu avant d'aller dans son atelier derrière la maison. Il y a là deux ou trois machines, quelques outils et un gros tas de planches de toutes tailles. Le bois qu'il préfère travailler, c'est le chêne. Il fabrique des petits meubles selon son inspiration, qu'il finit par donner à l'un ou à l'autre. Parfois on lui fait une commande qu'il exécute volontiers. Et ça ne coûte pas cher.

L'après-midi est déjà bien avancé. C'est le moment de se préparer. Il se change, enfile sa veste de chasse, prend sa casquette et part de son pas tranquille vers la place du village. Comme chaque jour, vers cinq heures, il retrouve ses copains au café de l'Hôtel de Ville pour la belote, toujours à la même table. Ils ne sont plus très jeunes. Parfois il en manque un qui a préféré rester chez lui. Alors, c'est une partie de tarot à trois. Selon le bon vouloir des cartes, contents ou dépités, ils distribuent, mélangent, coupent… Puis à sept heures précises ils rangent les cartes et se séparent. À part « Comment ça va ? » au début, quelques considérations sur le temps qu'il fait, parfois aussi sur le temps qui passe, et « À demain » à la fin, ils ne se sont pas dit grand-chose. Tout le monde est habitué. Marcel ne parle que quand il a quelque chose à dire. En somme, il parle peu. Avec sa femme Marguerite, les soirées étaient occupées à la lecture. Le journal bien sûr, mais aussi les grands auteurs classiques. Et puis après, il y a eu la télévision. Un jour, une lubie sans doute, il a considéré que Marguerite, c'était trop long à dire. Il a décidé de l'appeler Léa, dans l'intimité. Jamais en public. C'était leur secret. Et Marguerite trouvait ça rigolo.

Aujourd'hui, c'est un jour spécial. Cela fait juste un an que Marguerite est partie. Sans prévenir. Un accident vasculaire cérébral ont dit les docteurs. Marcel n'est jamais allé lui rendre visite au cimetière. Il préfère la compagnie des vivants. Et de toute façon, il le sait bien, il ne va pas tarder à aller la rejoindre. Ce soir, il sort deux petits verres du buffet. Il fouille un peu et trouve au fond la bouteille de porto. Chaque dimanche à midi, elle en buvait « un doigt » comme elle disait. Depuis un an il n'y a pas touché. Il n'a plus jamais non plus regardé la télévision. D'ailleurs, contre l'écran, il a posé une photo agrandie en noir et blanc de leur mariage. Comme elle était belle dans cette robe immaculée. Et comme il avait l'air emprunté dans ce costume ridicule qu'il n'a plus jamais porté !

Il remplit les deux verres. Il lève le sien devant la photo. « À toi Léa ».

JIM

Dans mon petit village, je suis heureux. Cela fait déjà pas mal d'années que j'habite là, et j'entends y rester. Toute l'année je travaille dans l'ombre. Tout le monde sait que je suis là mais je me fais discret. Je ne me montre pas. De temps en temps, pour me distraire, et aussi parce que j'aime beaucoup, je vais faire un tour au collège. Il y a là une section très active d'initiation à la musique de jazz. C'est même devenu la spécialité, la marque de fabrique de l'établissement. Les enfants viennent de loin pour profiter de cet enseignement. Il a fallu créer un internat qui, chaque année est plein à craquer. Et moi, je viens écouter les apprentis musiciens pendant les répétitions. C'est simple, je me régale.

Tout ça, c'est pendant l'année scolaire. Mais là où je prends mon envol, c'est en été, vers la fin du mois de juillet et au début du mois d'août. C'est alors que mon village devient méconnaissable. Une grande fête. Il n'y a pas de lampions ni de banderoles, mais un grand voile est installé qui recouvre tout le milieu de la place de l'Hôtel de Ville. Des chaises et des tables sont disposées là, devant la scène. Et voilà une gigantesque salle de concert en plein air, à l'abri des intempéries autant que du soleil. Tout autour sont disposées des cahuttes pour les marchands de souvenirs, de glaces, de bière, de vin et bien sûr, de foie gras et de charcuterie puisqu'on est dans le sud –ouest. À l'extérieur du village, au-delà du cimetière, le terrain de rugby (le sud-ouest vous dis-je) est recouvert d'un immense chapiteau pour les grands concerts du soir, avec des restaurants et des bars

éphémères tout autour. Les rues où, toute l'année, les voitures se croisent sans histoires deviennent à sens unique ou tout simplement des voies piétonnes. Quand on vit là toute l'année, difficile de s'y retrouver. Il faut dire que mon village où d'habitude vivent un peu plus de mille habitants accueille chaque jour pendant trois semaines près de douze mille visiteurs. Je l'avoue, j'y suis un peu pour quelque chose… et même beaucoup plus. En fait, tout ce grand bazar, c'est moi. Ce petit village tranquille et paisible devient subitement fou, échevelé, méconnaissable. Tout le monde, chacun à sa manière, participe à la fête aussi bien qu'à toute l'organisation. La main d'œuvre bénévole ne manque pas. On vient de tous les coins de France. Mon oncle Jean Louis veille sur moi à chaque instant comme si j'étais un gamin. Il est vrai que les premières années, quand j'étais tout petit, j'étais bien content qu'il soit là pour me soutenir. Mais maintenant, ça m'énerve un peu. Depuis le temps, il devrait savoir que je connais la musique…
Et de la musique, justement, il y en a partout, tout le temps. Bien sûr, il y a les grands concerts les soirs au chapiteau avec les vedettes internationales. D'autres vedettes se produisent à l'Astrada, la salle de spectacles du village. Mais aussi, chaque bistrot, chaque restaurant accueille des musiciens. Certains même s'installent sur un bout de trottoir. Ça swingue, ça groove, ça jazze à tous les coins de rue.
Comme dans tous les villages de France, au milieu trône l'église. De part et d'autre de notre église il y a un petit espace vert, et dans chacun un majestueux magnolia et des cèdres centenaires. Côté sud, il y a toujours là un guitariste ou un saxophoniste ou un petit groupe de musiciens amateurs… et chacun fait sa musique, d'abord pour lui-même plus que pour d'improbables auditeurs.

Tous participent à cette grand-messe en hommage à la note bleue. Sur le côté nord est installé un piano à queue sous un dais qui le protège des intempéries. Il est là chaque année depuis au moins trois lustres. C'est un parisien qui est venu le poser là. Il a certainement demandé l'autorisation à quelqu'un. J'aurais aimé qu'il m'en parle. Je dois reconnaître qu'il est tout à fait dans l'ambiance, dans la note. Alors je n'ai rien à redire. Tous les après-midis il est à son piano et il improvise une musique méditative. Sur la pelouse, les gens sont assis ou allongés, certains avec un livre dans les mains. Tous se laissent emporter un moment par ces harmonies douces et tranquilles avant de retourner dans le tumulte de la place centrale.

Il y a ceux qui font la musique. Il y a aussi ceux qui viennent là pour écouter. Et ils sont nombreux, venant de toute l'Europe. Voyageurs solitaires, en couple, en famille, en bande… Il y en a de tous les âges. Ils sont là pour un jour ou deux, pour une semaine, pour toute la durée du festival. Souvent ce sont des habitués qui reviennent chaque année. J'en ai repéré un qui vient là depuis plus de dix ans. Il arrive la veille du premier concert. Et, le lendemain du dernier concert, il passe le matin à la boulangerie pour chercher sa baguette avant de disparaître pour une année. Il est facile à reconnaître avec son panama et son air allumé. C'est bien simple, il est partout là où il y a de la musique. Parfois il est seul, parfois avec une amie, un ami ou au milieu d'un groupe. Souvent il est accompagné d'un petit garçon avec sa maman. Sa fille et son petit-fils, je crois. Une fois, j'ai même entendu le gamin s'essayer, pas si mal, à un blues sur un piano dans un bar. Le matin, mon festivalier boit un café à la terrasse d'un bistrot sur la place, à l'écoute du premier concert du jour. Plus tard dans la journée, il vient jeter une oreille sous le voile de la grande place. Si la musique lui plait, il s'installe à une table, sinon il va plus loin. Certains soirs, il m'est arrivé de le croiser à neuf heures à l'Astrada et de le retrouver à onze heures sous le chapiteau. Dire qu'il est fidèle, c'est peu dire. Et après le dernier concert il n'est pas rare de le voir, écoutant un dernier groupe afro-cubain dans un bar. Mon opinion est faite. Il aime le festival. Je crois bien qu'il m'aime.

Au fait, j'ai oublié de vous dire mon nom. Tout le monde ici m'appelle Jim. Comme Jazz in Marciac.

C'EST LA FÊTE

Chaque année, ça recommence. C'est la fête, la fête du livre. Nous nous retrouvons tous dans une grande salle prêtée par la mairie. Nous sommes une bonne vingtaine, peut-être trente auteurs locaux. Tous différents, mais avec un point commun : la fébrilité juste avant un oral de concours. D'abord, il faut choisir sa table. Pour cela il faut tenir compte de la porte d'entrée, de la sortie également. Être le plus loin possible des toilettes, face aux fenêtres, ou alors face au mur, sur les bords ou bien au milieu… Comment faire pour gérer tous ces paramètres et aboutir à une décision rationnelle ? Bon, finalement, je prends la première table qui se présente, et ça ira bien. Pour personnaliser plus que pour faire joli, j'étale une nappe sur ma table. En fait, c'est un vieux rideau défraîchi que j'ai dégotté au fond d'une armoire. Et maintenant je dispose mes livres, en rang d'oignons. C'est tout compte fait la meilleure façon de les rendre visibles, peut-être même attrayants, sait-on jamais.
Ensuite, que faire, sinon attendre ? Cette manifestation s'appelle « La Fête du Livre ». En tout cas, ce n'est pas ma fête. Si écrire est pour moi un plaisir, et même une nécessité, quand le texte est fini, non sans mal, quand le livre est là, il faudrait qu'il se débrouille sans moi pour se faire lire. Ce qui m'intéresse alors, c'est de parler avec celui ou celle qui l'a lu. Certains l'ont bien aimé. D'autres auraient préféré un texte tourné autrement. Tous les avis me conviennent. Et, soyons honnête, seuls parlent avec moi ceux qui ont apprécié mon histoire.

Pendant des semaines et des mois je passe des heures à tourner mes phrases, à agencer mes mots, à relire, refaire, corriger, effacer, jeter à la poubelle… les mots sont là pour dire. Et si l'on joue avec, ils en disent encore plus. Quand j'estime avoir fini, quand je trouve justement que mes mots en disent plus que ce que j'ai écrit, c'est le point final. Je peux passer à autre chose, par exemple me plonger dans un livre que j'ai acheté il y a déjà longtemps et qui attend sagement sur le coin de mon bureau que je m'intéresse à lui. Parce que, entre lire et écrire il me faut en permanence choisir.

Depuis que j'ai décidé de publier mes petites histoires, je rêve d'écrire un jour un livre qui se vendra tout seul, comme Nothomb ou Delerm. Je suis évidemment le plus mal placé pour le dire, mais je trouve que ce que j'écris, ce n'est pas si mal et que ça supporte parfois la comparaison. Il est vrai aussi que souvent, je tombe sur un texte qui me sidère, qui m'émerveille, un texte dont la force évocatrice est irrésistible, un livre que je continue encore à lire dans ma tête longtemps après l'avoir fermé et posé sur ma table de nuit. Là je mesure que je ne suis qu'un petit écrivaillon abonné aux salons et fêtes du livre des chefs-lieux de canton et des villages environnants. Et ce n'est déjà pas si mal. Mais enfin, on a bien le droit de rêver !

Ma consolation, c'est que je ne suis pas seul. Il y a avec moi une cohorte « d'auteurs locaux », c'est ainsi que dans la presse régionale on parle de nous. Ces collègues, je les aime bien. J'admire le mal qu'ils se donnent pour faire exister ce groupe, cette association. J'y participe moi aussi, mais modestement. Je pratique en somme à la mesure de ma croyance, c'est-à-dire pas beaucoup. Trois ou quatre manifestations par an me suffisent amplement.

Moins, ce serait ne pas exister du tout. Alors, je fais l'effort, mais ce n'est pas ma fête.

Mon installation finie, je vais faire mon petit tour, saluer les amis. Beaucoup se sont spécialisés dans le roman policier. J'ai essayé moi aussi. L'échec a été total. Je n'ai pas assez d'imagination sans doute. Je me contente donc d'écrire mes petites histoires qui sont des histoires vraies, ou qui pourraient l'être. Nous échangeons quelques nouvelles de table en table, je jette un œil sur les quatrièmes de couverture des livres qui me correspondent. Il n'y en a pas tant que ça. Et quand j'ai fini mon tour, c'est normal, je me retrouve à mon point de départ, ma table. L'attente commence. Les visiteurs sont rares. Tout au long de la journée, il y aura dans cette grande salle plus d'auteurs que de lecteurs. Il faut vraiment savoir attendre. Je ne suis pas doué. Il m'est arrivé plus d'une fois de m'assoupir. Parfois passe devant moi quelqu'un que j'ai croisé jadis dans d'autres circonstances. Nous nous reconnaissons mais je suis bien incapable de dire qui il est. En tout cas il est surpris de me voir là. J'en profite pour raconter mes livres. J'essaie de susciter son intérêt. Se sentant plus ou moins obligé, il en achète un au hasard et je m'attelle au rituel de la dédicace. Il y a aussi la personne qui a lu un de mes livres et qui tient à me le faire savoir. Elle l'a même apprécié. Nous parlons un moment et elle repart avec mon dernier petit ouvrage. Je la reverrai sans doute l'an prochain. IL va falloir que j'écrive un nouveau livre. Tout cela fera bon an mal an à la fin de la journée une douzaine d'ouvrages que je n'aurai pas à remettre dans ma valise. Mais l'immense majorité des visiteurs, quelques centaines sans doute, est passée devant moi sans s'arrêter, faisant même bien attention à ne pas regarder. Et moi, je m'emmerde…

Cinq heures et demie. Normalement, tout s'arrête à six heures. Il n'y a plus personne en fait. C'est le moment de remballer. Enfin, faire quelque chose... quel plaisir ! Un bon quart d'heure avant la fermeture officielle tout le monde a rangé ses affaires. Il faut encore empiler tables et chaises, tout ranger. Je vois bien que, comme moi, chacun est pressé de quitter ce hall d'ennui profond. Personne ne songe à aller boire un verre à la brasserie du coin. Salut à tous, et au plaisir…
Dans notre petite ville, chaque dimanche en fin d'après-midi, la salle de cinéma propose une séance « ciné-club ». Justement c'est l'heure et c'est sur mon chemin de retour. Je m'arrête, et, surprise, la fête du livre continue au cinéma. Au programme « Hiroshima mon amour ». Merci à Marguerite et Alain pour ce beau cadeau, ce bouquet final.

GRAND PÈRE

En vrai, je lui dis toujours « Grand Père », ou encore mieux « Papé ». Mais pour raconter l'histoire, je préfère l'appeler par son prénom, Aristide. J'aime bien ce prénom de l'ancien temps. Et il est le seul à ma connaissance qui s'appelle comme ça. Pas très grand, avec toujours le même costume de chasse en velours marron, le béret sur la tête, il marche à petits pas décidés. Il sait où il veut aller, et rien ni personne ne peut l'empêcher. Il a souvent une cigarette au coin de la lèvre. Elle est éteinte depuis un moment. Quand il se souvient qu'elle existe, il la rallume, et puis à nouveau il l'oublie. Ses cigarettes, elles sont toutes bizarres. Il les roule lui-même avec du tabac gris qui sent très fort. Il fabrique aussi lui-même ses cartouches. J'aime bien le regarder faire. C'est souvent à la fin de la journée quand il revient de la forêt. Il s'installe à une petite table dans la cour de la maison, son chien couché à ses pieds. Devant lui il y a tout un attirail disposé avec soin. Les étuis des cartouches bien sûr, les plombs de différentes tailles, les amorces, des tampons de feutre, la poudre dans un sachet avec une drôle de cuiller pour mettre la bonne dose dans la cartouche et un appareil bizarre muni d'une petite manivelle. J'ai oublié son nom, mais c'est avec ça qu'il finit les opérations de remplissage des cartouches. Après, il n'y a plus qu'à les ranger par catégories. Pour un garçon de sept ans, un tel travail à la fois minutieux et fastidieux, c'est fascinant. Et puis cette curieuse petite machine avec sa manivelle…

Mon grand-père Aristide, il est le régisseur d'un immense domaine en bordure de la forêt de Brocéliande. Régisseur, mais aussi garde-chasse, garde forestier et gardien du château. Il habite dans les dépendances, un peu à l'écart, entre l'orangerie et la serre, à l'ombre d'un platane gigantesque. En écartant les bras, quatre grandes personnes arrivent à peine à en faire le tour.

Dans le château, il n'y a personne. C'est tout mort, tout fermé. L'été, il revit. Il accueille des colonies de vacances pour les enfants d'une ville de la région parisienne. Le châtelain existe bien. Mais il vit dans un autre château, pas très loin, à Paimpont je crois. On ne le voit jamais celui-là.

En somme, mon grand-père, il est chez lui. Il a toutes les clés. C'est lui le vrai seigneur des lieux. Et moi, je peux aller partout. Sauf vers les douves. Il paraît que c'est trop dangereux. Évidemment, c'est vite devenu mon quartier général. J'ai même entrepris un jour, de creuser là-bas un souterrain pour rejoindre les caves du château. L'opération a vite capoté quand j'ai constaté qu'avec ma pelle et une pioche que j'avais de la peine à soulever, je n'avais fait qu'un trou de rien du tout, mais que j'avais des ampoules plein les mains. Pas grave. Les occasions d'aventures fantastiques ne manquent pas.

Derrière le château commence la forêt. D'abord la futaie avec ses grands arbres sur lesquels veille mon grand-père Aristide. Et plus loin, la forêt proprement dite, un fouillis d'arbres de toutes sortes. Les grandes et larges allées rectilignes de la futaie laissent la place à des chemins plus sauvages que je parcours à pied ou à vélo. Tout est tellement vaste. Je n'ai jamais réussi à aller de l'autre côté de la forêt. Et pourtant je sais que l'autre côté existe. Aristide m'a emmené quelques fois là-bas dans sa juvaquatre, rendre visite aux fermiers qui cultivent les terres du châtelain.

Quand je serai grand, j'aiderai mon grand-père. Peut-être même, un jour, me laissera-t'il sa place. Ce sera moi le régisseur, le capitaine, le maître des lieux, presque le châtelain.

Oui mais ce jour-là, le grand-père, ce sera moi…

DERNIER AMOUR

Nous nous connaissons depuis longtemps. Plus précisément, nous avons environ le même âge, et dans cette petite ville, il n'est pas difficile de se croiser. Le samedi sur la place du marché, un soir au cinéma ou au concert, parfois chez la libraire ou encore au restaurant, et bien sûr au supermarché. Chaque fois, un petit salut, quelques mots qui n'engagent à rien, du genre « comment allez-vous ? ». En général, il est seul. Parfois une jeune femme l'accompagne. On m'a dit qu'elle est sa fille. De toute évidence ils sont bien ensemble.

Les années passant, il est devenu retraité, comme moi. Nos occupations de petits bourgeois désœuvrés et plutôt aisés étaient identiques. En gros nous avons tous deux remplacé les obligations professionnelles par le bridge et le golf. De nouvelles occasions de se fréquenter en somme. Mais à l'évidence, nous n'y tenions vraiment ni l'un ni l'autre. Nous nous côtoyions sans plus.

Et un jour, il a disparu. Enfin, pas vraiment. Je le croisais encore souvent au marché. Une femme plutôt jolie et un peu plus jeune l'accompagnait. Radieux, il la tenait par la main. Deux amoureux. Ceux qui dans la cité passent leur temps à épier et commenter avec plus ou moins de malice et surtout beaucoup de malignité la vie des autres racontaient qu'il s'était installé chez une femme médecin-cheffe de service à l'Hôpital Universitaire. Ils vivaient dans une ferme qu'elle avait restaurée près du col de la Croix de l'Homme Mort. Tout un programme ! Cette nouvelle vie rustique et écolo s'accommodait mal

des tournois de bridge et des compétitions de golf. Il lui fallait d'abord s'occuper du jardin, des arbres, des abeilles et... du bois de chauffage.
Bref, je le voyais moins mais je le fréquentais tout autant. Et c'était sans importance.
Trois ans environ ont passé. Et hier, il était dans la librairie, seul. Machinalement, j'engage la conversation, et tout de suite il me dit : « Puis-je vous offrir un café ? ». Un peu surpris j'accepte...
À peine installés au bar le plus proche, il raconte son histoire. Il avait tout ça à l'intérieur. Il suffisait que quelqu'un lui parle pour que ça sorte :
« Les films, les livres, les chansons... tous parlent du premier amour, celui qui engage et marque toute une vie. Moi, ce qui m'importe, ce qui m'emporte, c'est le dernier amour. Je l'ai rencontrée par le plus grand des hasards il y a un peu plus de trois ans. J'ai tout de suite compris l'importance qu'elle avait pour moi. C'est grâce à elle que j'ai pu entrevoir l'homme que j'aurais été si je l'avais rencontrée plus tôt. Et cet homme m'aurait bien plu. Mais rencontrée plus tôt, elle ne m'aurait certainement même pas vu. Je suis arrivé dans son monde avec tous les bagages d'une vie. J'étais bien incapable de m'en séparer. Je n'y ai d'ailleurs jamais pensé. Dans cette nouvelle vie j'avais perdu tous mes repères. J'étais devenu une sorte d'homme des bois en jeans, pull de laine, bottes et parka. Mais surtout il y avait elle. Au fond, elle occupait tout mon temps, toutes mes pensées. Le matin, je la laissais s'arracher à mes bras. Les patients dans son service l'attendaient. À chaque instant je l'accompagnais. Pas sous la douche... sinon elle n'aurait jamais été à l'heure. Après son départ pour l'hôpital, je devenais le maître du petit domaine, plutôt le régisseur, et je m'appliquais à en faire l'écrin pour

mon aimée. Toute ma vie, je n'avais tenu dans mes mains qu'un stylo ou un téléphone. J'étais devenu jardinier, cuisinier, laboureur, bûcheron, menuisier, plombier… je découvrais le maniement du tournevis. Je voulais qu'elle soit au paradis. Je ne voyais pas que je l'emprisonnais. Elle avait construit une respectable carrière hospitalo-universitaire dans l'univers macho-médical. Elle avait élevé seule ses quatre enfants. Elle régnait sur cette grande bâtisse et ses dépendances. Et moi, pauvre niais, je voulais la protéger. Je n'avais pas compris qu'elle était extrêmement jalouse, jalouse de sa liberté, et à jamais indomptable. Après les premiers temps d'émerveillement et de découverte réciproque, insensiblement elle s'éloignait, elle se détachait. Elle m'était indispensable, je me croyais indispensable à son bonheur. Je n'étais qu'accessoire, bientôt superflu, surtout étouffant. Elle m'avait tellement manqué depuis tellement longtemps.

Elle restait absolument délicieuse, mais au fil des mois, je mesurais de plus en plus clairement mon insuffisance à faire son bonheur. Je la laissais s'éloigner, espérant un miracle. Et me voici, avec mes souvenirs de cette époque merveilleuse. J'ai rêvé un amour qui ne s'est pas accompli. Mais je reste avec cet amour qui s'éteindra avec moi… »

Il se tait, enfermé dans son histoire. Que dire ? Que faire ? Dans ma tête, les idées se bousculent. Dire « Je t'aime » signifie aussi bien « Je souhaite que tu m'accompagnes à chaque instant de ma vie » que « Je veux t'accompagner dans les choix de ta vie ». Ce n'est pas la même chose. Et puis j'aime aussi la tarte aux pommes. Jadis quelqu'un, Françoise Sagan, m'a demandé si j'aimais Brahms…

Je me lève et lui serre la main.

« Merci pour le café. Merci pour tout ».

FSC
www.fsc.org
MIXTE
Papier issu
de sources
responsables
Paper from
responsible sources
FSC® C105338